Lola Chocolat

Texte : Marie-Danielle Croteau • Illustrations : Sophie Lussier

Préface de Geneviève Grandbois

Dominique et compagnie

Préface

Lola Chocolat, c'est le livre que j'aurais envie de raconter à mes filles, même si elles sont grandes, mais aussi à plein d'enfants partout dans le monde. Cette tendre histoire respire la douceur de vivre (*Pura Vida!*) du Costa Rica, et le chocolat y est expliqué avec simplicité et poésie.

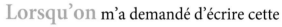

Lorsqu'on m'a demandé d'écrire cette préface, j'étais à la fois émue et émerveillée par le projet mais aussi par la magie de la vie! Car un livre réunissant le chocolat et le Costa Rica, mes deux passions, qui est rédigé par une auteure que j'aime beaucoup et merveilleusement illustré par une artiste qui a déjà collaboré avec moi à la chocolaterie… wow! C'est un vrai cadeau!

Quand j'ai acheté ma plantation de cacao au Costa Rica, j'ai rencontré Marie-Danielle Croteau qui m'a alors offert un bel album qu'elle avait écrit : *Raconte-moi la mer*. J'ai tellement aimé la poésie de ce livre que je le garde précieusement dans ma bibliothèque personnelle, parmi mes ouvrages préférés.

Quelques années plus tard, Sophie Lussier est venue nous donner un coup de main à la chocolaterie (oui, elle a de nombreux talents!), et alors que je préparais mon livre *Passion chocolat,* elle m'a offert une illustration. Quand j'ai vu son travail, j'ai tout de suite rêvé d'un livre pour enfants sur le chocolat… Heureusement, Agnès Huguet, directrice littéraire aux éditions Dominique et compagnie, avait eu cette idée bien avant moi et elle a concrétisé ce projet pour le plaisir de tous!

Bonne aventure chocolatée!

Geneviève Grandbois
Chocolatière

Lola compte ses pas.
Un, deux, trois... trente-trois...

Zut !
Elle ne sait plus où elle est rendue.
C'est la faute du papillon bleu
qui s'est posé sur son bras.
– Coucou, joli morpho !
Tu viens avec moi là-haut ?

Là-haut, c'est la colline où habite Lola.
Pour aller de l'école à sa maison, elle doit faire
deux mille trois cent trente-trois pas.
Mais Lola ne sait pas compter
jusque-là…

Alors elle compte un peu, pour se distraire.
Elle cueille des fleurs et parle aux oiseaux.
Elle guette les animaux.

Parfois, Lola voit un
coati en bordure du
chemin. Ou un caïman
caché dans les roseaux.
Et parfois, un serpent
lui file sous le nez.
Alors le cœur de Lola
bat très fort et la petite
fille a soudainement
envie de pleurer.
Parce qu'elle a peur,
qu'elle est fatiguée
et que sa maison est
encore si loin.

Mais après la grande courbe, avant la dernière montée, Lola reprend courage.

Car tous les jours, à cet endroit,
elle retrouve un petit singe
qui grignote elle ne sait quoi.
Quand Lola arrive là, il est
quatre heures de l'après-midi.
C'est l'heure du goûter.

Lola salue son ami et lui demande,
dans la langue de son pays :
– *Hola* Monotiti ! Comment ça va,
aujourd'hui ?

Le petit singe s'immobilise et tend
l'oreille. Il lui sourit. Sa fourrure,
grise et orangée, brille au soleil.
– Qu'est-ce que tu manges ? dit Lola.
– Hi ! Hi ! Hiiii ! répond Monotiti.

Monotiti attrape une branche et se balance.

Il se pend par la queue.

Puis Monotiti retourne à son goûter. Il extrait les graines d'un gros fruit rouge foncé. Il les mastique en faisant de drôles de mimiques.

Il retrousse ses babines et sourit de toutes ses dents.

Il se gratte la tête.

Monotiti fixe Lola avec des yeux moqueurs et se lance dans de nouvelles acrobaties.

Hi! Hi! Hiiii!

Lola envie Monotiti. Elle voudrait bien avoir
sa bonne humeur. Son énergie.
– Si j'étais une souris, lui dit-elle, tu pourrais
m'emmener à la maison.

Elle s'imagine sur le dos du petit singe, sautant
d'arbre en arbre jusque là-haut. Comme ce serait
amusant ! Et quelle surprise, pour sa maman,
de la voir arriver par les airs plutôt que
par le chemin de terre.

Entre le sentier et la maison de Lola, il y a une allée bordée d'hibiscus et de bougainvillées. Parfois, la maman de Lola y attend sa petite fille.

Parfois seulement.

La maman de Lola est très occupée. Elle doit traire sa vache, nourrir son cochon et ses poules, fabriquer le fromage, laver les vêtements, astiquer les planchers et cuisiner. Le papa de Lola, lui, est parti récolter le café. Malgré tout son travail, la maman aime bien rigoler. Si elle voyait sa petite Lola sur le dos d'un singe, elle rirait aux éclats.

Dans le pays de Lola, le soleil
se couche tôt. Alors la petite fille
doit vite rentrer à la maison.
Elle envoie la main à Monotiti.

À demain !

Un, deux, trois... trente-trois...

Lola repart en sautillant.
Ses pas sont plus légers à présent.
Elle pense à son ami, qui reste derrière,
et à sa maman, qui l'attend devant.

Un jour, le fruit de Monotiti tombe sur le sol et roule
jusqu'aux pieds de Lola. On dirait un petit ballon
allongé, un peu cabossé, avec des sillons et des verrues.

– Oh, merci ! s'exclame la petite fille, ravie.

– Hi ! Hi ! Hiiii ! répond Monotiti.

Pour une fois, Lola retourne chez elle sans traîner et
sans compter. Elle a hâte de découvrir le secret du
petit singe. Que mange-t-il pour être toujours si vif,
si enjoué ? Lola court demander à sa mère
le nom de l'aliment mystère.

– Ça ? répond la maman. C'est un fruit de cacaoyer. Ça s'appelle une cabosse et à l'intérieur, il y a des fèves qui servent à faire du chocolat.

Du chocolat?

Lola n'a jamais entendu ce mot-là.
Elle voudrait poser des tas
de questions, mais sa maman
a trop à faire pour le moment.
– Patience, ma Lolita. Ce soir,
quand tu seras au lit, je te raconterai.
Lola mange son riz en vitesse.
Elle avale deux ou trois bouchées
de poisson, se brosse les dents,
enfile sa chemise de nuit et
s'étend sur son petit matelas,
à même le plancher.
Puis elle attend sa maman.

Lola attend si longtemps que
finalement, elle s'endort.
Lorsqu'elle se réveille, c'est
déjà le matin et c'est samedi.

Et comme tous les samedis, sa maman est partie au
marché vendre des œufs, du fromage et quelques
poulets. Lola est déçue. Elle devra attendre encore
avant de connaître le secret de Monotiti.
À son retour, la maman promet que ce soir, à l'heure
du coucher, Lola saura ce qu'est le chocolat.

Le chocolat?

Lorsqu'il fait noir, la maman allume
une bougie et s'assoit sur le plancher,
à côté du matelas de Lola.
– Le chocolat, murmure-t-elle,
ça ressemble à une histoire d'amour.
Comme quand je te prends dans
mes bras, tu sais, et qu'on ne dit rien.
C'est quelque chose de doux et de
sucré, qui t'enveloppe et te fait du
bien. Comme un rayon de soleil.
La lune dans la nuit.
Un bisou sur ta joue.

La maman plonge la main
dans la poche de son tablier.
Elle a rapporté de la ville…

une étoile en chocolat.

Lola ferme les yeux et sent fondre dans sa bouche cette chose
extraordinaire qu'elle goûte pour la première fois.
À présent, elle sait pourquoi Monotiti sourit tellement.
Tous les après-midi à quatre heures, il croque
un petit morceau de bonheur !

Le chemin entre la cabosse et le chocolat est aussi long que celui qui mène de l'école à la maison de Lola.

1 Il faut d'abord vider la cabosse en faisant attention de ne pas abîmer les fèves de cacao.

2 Ensuite, on laisse fermenter les fèves pendant plusieurs jours, puis on les fait sécher.

3 On nettoie alors les fèves, on les trie et on les expédie dans différents pays.

4 Une fois à destination, les fèves sont concassées et on en retire l'amande.

5 On fait rôtir les amandes. C'est la torréfaction.

6 Puis les amandes sont broyées et on obtient de la pâte de cacao.

7 Enfin, cette pâte est mélangée à divers ingrédients tels que du sucre, du beurre de cacao et du lait, qui donnent toutes sortes de chocolats.

Mais pour fabriquer un chocolat qui, comme l'étoile de Lola, goûte le paradis, il faut tout le talent d'un bon chocolatier ou d'une bonne chocolatière !

LOLA

Catalogage avant publication de
Bibliothèque et Archives nationales du Québec
et Bibliothèque et Archives Canada

Croteau, Marie-Danielle, 1953-

Lola Chocolat
Pour enfants de 3 ans et plus.

ISBN 978-2-89739-028-0

I. Lussier, Sophie, 1975- . II. Titre.

PS8555.R618L64 2014   jC843'.54   C2014-940639-8
PS9555.R618L64 2014

© Les éditions Héritage inc. 2014
Tous droits réservés
Direction littéraire et artistique : Agnès Huguet
Révision et correction : Céline Vangheluwe
Conception graphique : Dominique Simard

Dépôt légal : 3e trimestre 2014
Bibliothèque et Archives nationales du Québec
Bibliothèque et Archives Canada

Dominique et compagnie
1101, avenue Victoria
Saint-Lambert (Québec) J4R 1P8
Téléphone : 514 875-0327
Télécopieur : 450 672-5448
Courriel : dominiqueetcie@editionsheritage.com

www.dominiqueetcompagnie.com

Imprimé en Chine

Nous reconnaissons l'aide financière
du gouvernement du Canada par l'entremise
du Fonds du livre du Canada
et du Conseil des Arts du Canada.

Nous reconnaissons l'aide financière
du gouvernement du Québec par l'entremise
du Programme de crédit d'impôt
– SODEC – Programme d'aide à l'édition de livres.